ORDRE DES VACATIONS

PREMIÈRE VACATION

Tableaux et Études, du n° 1 à 230.

EXPOSITION

Dimanche 12 Mars 1865, de une heure à cinq heures.

VENTE

Le Lundi 13, à une heure précise, du n° 1 au n° 115.
Le Mardi 14, à une heure précise, du n° 116 au n° 230.

DEUXIÈME VACATION

Tableaux et Études, du n° 231 au n° 496.

EXPOSITION

Mercredi 15 Mars 1865.

VENTE

Jeudi 16, à une heure précise, du n° 231 au n° 360.
Vendredi 17, à une heure précise, du n° 361 au n° 496.

TROISIÈME VACATION

Dessins, Aquarelles et Croquis, du n° 497
jusqu'à la fin.

EXPOSITION

Le Dimanche 19 Mars 1865.

VENTE

Lundi 20, à une heure précise, du n° 497 au n° 637.
Mardi 21 et Mercredi 22, à une heure précise.
Du n° 638 jusqu'à la fin.

CONDITIONS DE LA VENTE

Elle sera faite au comptant.

Les acquéreurs paieront, en sus du prix d'adjudication,
cinq pour cent applicables aux frais.

A Monsieur Francis PETIT,

EXPERT A PARIS.

Voici, Monsieur, les quelques notes que vous me demandez sur notre cher et regretté Calame.

Depuis l'époque de son mariage avec ma fille, j'ai été le compagnon assidu de ses voyages, je l'ai vu travailler sans relâche à surprendre la nature dans ses formes si multiples comme dans ses effets les plus variés. J'ai pu assister aussi dans son atelier à l'exécution de ses immenses travaux, je puis donc vous parler sciemment de cette belle vie si largement remplie pour les arts, pour le monde et pour sa famille.

Alexandre Calame, né en 1810 de parents neufchatelois, montra dès son enfance la plus grande aptitude pour les arts. Au lieu de prendre part aux jeux de ses camarades, il passait son temps à faire de petites images qu'il leur vendait un sou, et ces sous lui servaient à renouveler ses provisions de papier et de crayons, heureux quand il pouvait acheter une estampe qu'il copiait et reproduisait dans toutes les grandeurs. Il disait souvent qu'un des moments les

plus heureux de sa vie avait été celui où une messa-
gère, à laquelle il en avait donné la commission,
lui avait acheté sa première boîte de couleurs. Il
obtint la permission de s'établir dans le grenier sur
une vieille table, et courait là le cœur palpitant
de joie employer tous ses instants à broyer des couleurs avec de l'huile à manger et à s'essayer à peindre.
Il avait quatorze ans lorsque son père trop confiant
fut victime de la mauvaise foi de son associé, perdit
tout ce qu'il possédait et péniblement affecté de lais-
ser sa famille sans ressources, tomba malade et
mourut.

Calame dut alors quitter l'école et entra, à Genève,
dans la maison de banque de M. Diodatti, afin d'ai-
der sa mère qu'il chérissait et voulait entourer de
soins. Il ne tarda pas à s'attirer l'estime et la protection
de son patron. Dès que son travail de bureau était
terminé, il rentrait chez lui, et passait souvent une
partie des nuits à colorier des estampes pour des mar-
chands, mettant de côté le modeste salaire qu'il en
retirait pour payer les dettes qu'avait nécessitées la
longue maladie de son père.

M. Diodatti, touché de ses dispositions, l'engagea
à quitter ses bureaux et voulut lui payer trois mois
de leçons chez le premier peintre de paysage de Ge-

nève. C'est alors qu'il prit des leçons de Diday, qui ne tarda pas à s'intéresser à lui et le considérer comme son meilleur élève. Se levant au petit jour, il parvint enfin, par son travail, à payer toutes les dettes de la maison.

Le cœur plein de reconnaissance et encouragé par de rapides progrès, il put faire de modestes voyages d'études pendant lesquels, voulant mettre son temps à profit, il travaillait malgré les pluies, les vents et la neige, uniquement préoccupé de son art.

Enfin il surmonta les difficultés qui arrêtaient le développement de son talent et put exposer un premier tableau, qui fut acquis par la Société des Arts de Zurich. Ce fut la seconde phase de son bonheur, lorsqu'il put porter à sa mère 144 francs, prix obtenu cette fois pour une seule de ses œuvres. Ce succès doubla son ardeur, ce fut à cette époque qu'il fit ses premières lithographies. Son premier grand tableau fut acquis par souscription pour le musée de Genève, en 1838, et lui valut à Paris la première médaille d'or de deuxième classe et des articles de journaux fort encourageants. A cette époque il eut le malheur de perdre sa mère; il se maria l'année suivante et fit en 1840 un voyage à Paris où il exposa deux grands tableaux, dont l'un représentait la vallée d'Ansasea et

l'autre un éboulement de rochers. Cette exposition lui
valut la médaille d'or de première classe et l'acquisi-
tion de son tableau par le roi Louis-Philippe. L'année suivante, un tableau représentant un coup de
vent dans une forêt de chênes lui valut la croix de la
Légion-d'Honneur et fut acquis par M. Scheletter,
consul du roi de Bavière à Leipsick, qui lui com-
manda aussi deux autres grands tableaux, une vue
du Mont-Rose et les temples de Pœstum. Il reprodui-
sit ce même sujet pour M. de La Rive et pour M. Kun-
kler, de Genève. Cette vue des temples de Pœstum lui
valut en Hollande la médaille d'or de première
classe, et en Belgique le cordon de Léopold.

Après avoir exécuté deux grands tableaux pour le
roi de Wurtemberg, il reçut l'ordre de la Couronne
de Wurtemberg qui confère la noblesse personnelle ;
puis l'année suivante, le roi de Hollande lui conféra
l'Ordre du Lion Néerlandais ; il avait reçu successive-
ment du roi de Prusse deux médailles de seconde et
première classes, puis à Genève une médaille de première classe, ainsi que la médaille de première classe
à la grande Exposition universelle de Paris. Sa petite
fortune s'augmentait et lui permit de passer en 1844
un hiver en Italie. A son retour, son atelier fut ho-
noré de la visite de plusieurs princes et souverains.

La grande-duchesse Marie de Leuchtenberg, fille de l'empereur de Russie, vint aussi, pendant son séjour à Genève, visiter son atelier avec ses deux filles, les princesses Marie et Eugénie, ainsi que le grand-duc Nicolas, leur frère; lui firent plusieurs commandes et l'honorèrent de magnifiques présents; il reçut aussi des commandes de l'impératrice douairière, de l'impératrice régnante de Russie, du grand-duc Michel, de la grande duchesse Hélène, et l'empereur Alexandre voulut bien l'honorer du cordon de Sainte-Anne de Russie; il fut aussi sensible à la visite du grand duc héritier de Mecklenbourg-Strelitz, avec l'illustre père duquel il avait eu l'honneur d'échanger quelques lettres; enfin, à l'âge de quarante ans, il avait reçu cinq décorations de différents ordres, neuf médailles d'or et un grand nombre de diplômes de plusieurs académies. Malgré tous ces honneurs, auxquels il était loin d'être insensible, il resta toujours modeste. Il eut le malheur de perdre trois de ses enfants, chagrin qui contribua à miner sa santé, déjà délabrée depuis longues années par la fatigue des voyages où, tout entier à son inspiration, il fut souvent surpris par la maladie et, loin de tout secours, obligé d'attendre le retour de ses forces pour se remettre en chemin et retourner chez lui. Sa santé devenant toujours de plus en plus compromise, il partit pour le midi, mais trop tard ; car, après une année de maladie, il fut enlevé à sa famille et à ses amis, les laissant tous dans l'admiration de la profonde piété qui l'avait toujours distingué, et de la foi vive qui, à l'heure dernière, triompha de tous ses maux. Il mourut en mars 1864, à Menton (Alpes-Maritimes), à l'âge de cinquante-trois ans.

Il a fait pour M. F. Delarue, éditeur, un grand nombre de lithographies et de gravures, et termina par deux grandes planches, le Torrent et la Solitude, qui sont restées sa propriété.

Ses études, qu'il gardait si religieusement et qu'il n'avait jamais voulu vendre, malgré les offres qui lui en avaient été faites bien souvent, témoigneront à quel degré il poussait la recherche de la vérité et de l'exactitude.

Veuillez, Monsieur, recevoir l'assurance de ma considération distinguée.

****

PREMIÈRE VACATION

EXPOSITION : Dimanche 12 Mars 1865.
VENTE : Lundi 13 & Mardi 14 Mars, à 1 heure précise.

TABLEAUX ET ÉTUDES

Vente du Lundi 13 Mars.

---

1 — Marine. Effet d'orage.

2 — Le Torrent de Rosenlauï.

3 — Torrent au bas du Weterhorn ; effet d'orage.

4 — Groupe de grands arbres au bord du lac de Brientz ; soleil couchant.

5 — Arbres de la forêt de Meyringen.

6 — Sapins dans les montagnes ; glacier à l'horizon.

7 — Vallée avec horizon de montagnes.

8 — Le mont Blanc et les montagnes environnantes vus d'une vallée.

9 — Les bords du lac à Villeneuve.

10 — Groupe de pins parasols. Environs de Cannes.

11 — Établissement de pêcherie au bord du lac de Thoune.

12 — L'Automne. Paysage composé.

39 — Les bords du lac de Genève, près d'Evian.

40 — Environs de Cannes.

41 — Vue dans l'Oberland.

42 — Bords du lac de Genève. Soleil couchant,

43 — Le fond du lac de Lucerne, près d'Altorf.

44 — Bords du lac de Lucerne.

45 — Entrée de Cannes.

46 — Bords du lac de Brienz.

47 — Montagne boisée.

48 — Glacier du Seelisberg.

49 — Groupe d'arbres et roches au bord d'un lac.

50 — Vue du Seelisberg.

51 — Soleil couchant sur le lac de Genève.

52 — Bords du lac de Genève-Villeneuve; effet du matin.

53 — Le lac de Genève, près Mellerie ; soleil couchant.

54 — Arbres au bord d'un lac ; soleil couchant.

55 — Bords du lac de Thoune; soleil couchant.

56 — Montagnes couvertes de sapins, près du Righi.

57 — Les écueils de Saint-Honora, près Nice.

58 — Vue près Rosenlauï.

59 — Le lac de Lucerne au soleil couchant.

60 — Bords de la mer, près des écueils de Cannes.

61 — Bois de pins.

62 — Le lac des Quatre Cantons.

63 — Le fond du lac de Genève, près Montreux.

64 — Peupliers, près Villeneuve.

65 — Lac de Lucerne; soleil couchant.

66 — Forêt de chênes au bord d'un lac ; soleil couchant.

67 — Groupe d'arbres agités par le vent ; soleil couchant

68 — Chalet dans les montagnes ; effet d'automne.

69 — Marine. Coup de vent.

70 — Etude de mer.

71 — Effet d'orage dans les montagnes de la Haendeck.

72 — Environs de Chatillon.

73 — Saint-Georges, faubourg de Lyon.

74 — Etude d'arbres à Jussy.

75 — Lac de Genève.

76 — Lac de Genève.

77 — Lac de Peyrouse.

79 — Rochers à la Haendeck.

80 — Torrent au Righi.

81 — Sapins à la Haendeck.

82 — Intérieur de bois de sapins à Rosenlauï.

83 — Sapins dans les montagnes, à la Haendeck ; soleil couchant.

84 — Sapins à la Haendeck.

85 — Ormeaux, près Thoune.

86 — Vue de Servos, près Chamounix.

87 — Bois de châtaigners.

88 — Lac de Brienz vu de Meyringen.

89 — Pins à la Haendeck.

90 — Paysage de montagnes, près Rosenlauï.

91 — Bois de châtaigners, au Seelisberg.

92 — Environs d'Ober-Ofen.

93 — Le Wetterhorn.

94 — Chalets au Righi.

Vente du Mardi 14 Mars.

116 — Bords du lac de Thoune.

117 — Près du Mont Blanc.

118 — Etude de ciel et d'eau à Glion.

119 — Le lac de Genève vu de Saint-Jean.

120 — Habitation dans les rochers au Giffre.

121 — Environs du lac de Thoune.

122 — Environs de Saint-Jouard.

123 — Maison à Saint-Jouard (Savoie).

124 — Environs de Cluse (Savoie)

125 — Vallée de l'Aar.

126 — Vue prise à Sacconex.

127 — Rochers du Giffre.

128 — Fabrique près d'une chute d'eau, en Savoie.

129 — Environs de Thoune.

130 — Marécages au Boveret.

131 — Les montagnes du Valais.

132 — Cours d'eau au pied d'une montagne, à Bresson.

133 — Montagnes du Valais.

134 — Les Carrières de Saint-Jouard.

135 — Maisons à Fribourg.

136 — Bords du lac de Brienz.

137 — Marécages à Boveret.

138 — Le lac de Genève vu de Glion.

139 — Forêt de sapins à la Haendeck.

140 — Le Rhône à Lyon.

141 — Bout du lac de Genève, la Dent du midi.

142 — Forêt de hêtres, à Meyringen.

143 — Champ de blé, à Jussy.

144 — Etude aux environs de Fribourg.

145 — Signal de Bougi.

146 — Le mont Blanc vu de Genève.

147 — Ruines de Salève.

148 — Rochers de Salève.

149 — Près Thoune.

150 — Soleil couchant sur le lac à Mellerie.

151 — Terrain de montagnes.

152 — Le lac de Genève, près Saint-Gindolphe.

153 — Champ de blé. Environs de Genève.

154 — Bois, près Meyringen.

155 — Chemin à Jussy.

157 — Lauterbrunnen.

158 — Entrée de bois à Jussy

159 — Étude de pins, dans le Valais.

160 — Coucher de soleil.

161 — Environs d'Évian.

162 — Étude de chênes.

163 — Le Gimel (canton de Vaud). Soleil couchant.

164 — Bords du lac, à Évian.

165 — Étude d'arbres, à Jussy.

166 — Rochers du Coin de Salève.

167 — Bois à Jussy.

196 — Chemin dans les rochers, à Sovablin.

197 — Bords du lac de Genève, à Évian.

198 — Environs de Saint-Jouard, Savoie.

199 — Lac de Brienz.

200 — Vallée dans le Valais.

201 — Sommet d'arbre, à Sovablin.

202 — Vallée de Meyringen.

203 — Tronc de chêne.

204 — Bords du lac de Genève, à Glion.

205 — Étude d'arbres.

206 — Moulin à eau, à Évian.

207 — Le Giffre.

208 — Le Seelisberg.

209 — Étude de fougère.

210 — Bois de sapins, à la Haendeck.

211 — Montagnes du Valais.

212 — Bords du lac, à Uri-Rothstock.

213 — Arbres et Rochers, près Sixte.

214 — Partie du lac de Lucerne.

215 — Noyers dans les rochers, à Servos,

216 — Brienz.

217 — Le Rhône dans le Valais.

218 — Lac de Thoune.

219 — Hêtres, au Kerket.

220 — Environs de Thoune.

221 — Chemin, près Meyringen.

222 — Passage au Servos.

223 — Pins du lac de Lucerne.

224 — Hêtres dans les montagnes, à Underwald.

225 — Marécages dans l'Oberland.

226 — Bords du lac de Thoune.

227 — Chênes, à Thoune.

228 — Environs du lac d'Annecy.

229 — Bois de noyers, à Meyringen.

230 — Noyers, à Meyringen.

DEUXIÈME VACATION

EXPOSITION: Mercredi 15 Mars 1865
VENTE: Jeudi 16 & Vendredi 17 Mars, à 1 heure précise.

———

TABLEAUX ET ÉTUDES

———

Vente du Jeudi 16 Mars.

———

231 — Étude de hêtres.

232 — Maisons au bord du lac de Brienz.

233 — Fabrique à Saint-Jouard.

234 — Four à chaux, dans le Valais.

235 — Étude de châtaigniers.

236 — Environs du lac d'Annecy.

237 — Près Lauterbrunnen.

238 — Groupe de chênes, à Sovablin.

239 — Étude, à Pestarena.

240 — Lac de Thoune. Effet de pluie.

241 — Rochers à pic, au bord du lac de Lucerne.

242 — Marécages, près Cluse.

243 — Maison sous des hêtres, à Thoune.

244 — Marécages à La Tour. près Vevey.

245 — Rochers à pic, au bord du lac de Lucerne.

246 — Hêtres près d'un torrent.

247 — Environs de Lauterbrunnen.

248 — Fabrique dans le Valais.

249 — Étude d'arbres.

250 — Étude, près Salève.

251 — Étude de tronc d'arbre coupé.

252 — Étude dans l'Oberland.

253 — Etude de sapin.

254 — Rochers, à Lauterbrunnen.

255 — Marécages de Fluelen.

256 — Pins dans la forêt de Sierre, Valais.

257 — Torrent, au Reichenbach.

258 — Roches, au bord du lac de Genève.

259 — Arbres dans les roches, au bord du lac de Lucerne.

260 — Noyer renversé, à Meyringen.

261 — Marécages et pins dans l'Oberland.

262 — Lac de Brienz.

263 — Sapins, à Rosenlaüi.

264 — Fontaine au bord du lac de Lucerne.

265 — Bois de hêtres inondés par la Rheus, à Fluelen.

266 — Noyer déraciné, au Kerket.

267 — Saint-Jouard.

268 — Bois. près Meyringen.

269 — Dessous de bois, à Rosenlaüi.

270 — Hêtres, à Meyringen.

271 — Groupes de noyers, au bord du lac de Thoune.

272 — Maisons à Brienz.

273 — Chapelle dans la forêt de Sierre, Valais.

274 — Ormeaux, à Sovablin.

275 — Bois à Évian.

276 — Bords du lac de Brienz.

277 — Groupe de hêtres, à Thoune.

278 — Bois de noyers, près Thoune.

279 — Lisière de bois, à Thoune.

280 — Fabrique de Saint-Jouard.

281 — Étude dans le Valais.

282 — Tronc de chêne.

283 -- Roches près la Haendeck.

284 — Vue de Sicile.

285 — Fins parasols à cannes. Soleil couchant.

286 — Rivage à Villefranche.

287 — Bords de mer et cabane de douaniers. Sicile.

288 — Ruines en Italie

289 — Bois de pins à Cannes.

290 — Bords de mer près Monaco.

291 — Bords de mer à Saint-Honora.

292 — Bords de mer à Cannes.

293 — Pins près Cannes.

294 — Roches au bord de la mer à Saint-Honora.

295 — Bois de pins sur une hauteur à Saint-Cacian.

296 — Bords de la mer à Villefranche.

297 — **Vue de Cannes.**

298 — Terrasse de villa Bordighera.

299 — Rochers au bord de la mer à Cannes.

300 — Groupe d'oliviers.

301 — Puits près Bordighera.

302 — Oliviers près Monaco.

303 — Pins à Saint-Honora.

304 — Bords de la mer à Saint-Honora, effet du matin.

305 — Bois de pins à Cannes.

306 — Bords de mer à Bordighera.

307 — Olivier et caroubier près Cannes.

308 — Oliviers à Villefranche.

309 — Cannes.

310 — Environs de Cannes.

311 — Bois d'oliviers et palmiers à Cannes.

312 — Palmiers à Cannes.

313 — Groupe de pins à Cannes.

314 — Palmiers à Bordighera.

315 — Pins au bord de la mer à Cannes.

316 — Bois d'oliviers à Cannes.

317 — Bordighera.

318 — Palmiers entourant un puits à Bordighera.

319 — Bords de la mer près Toulon.

320 — Groupe de pins à Cannes.

321 — Vue d'Ischia

322 — Soleil couchant sur la mer. Côtes d'Italie

323 — Soleil couchant à Pouzzoles.

324 — Ruines d'un aqueduc.

325 — Pont de Caligula à Pouzzoles.

326 — Chapelle au bord d'un lac dans le **Valais**.

327 — Rivage près Naples.

328 — Les temples de Pestum.

329 — Le Rhône à Avignon.

330 — Vue d'Ischia.

331 — Ischia.

332 — Ruines en Italie.

333 — Bois d'oliviers à Bordighera.

334 — Ile Sainte-Marguerite près Cannes.

335 — Colline couverte de pins à Saint-Cacian.

336 — Forêt de pins à Saint-Honora.

337 — Pins au bord de la mer à Cannes.

338 — Pins à Saint-Cacian.

339 — Pins au bord de la mer à Saint-Cacian.

340 — Rochers au Wenger-Alp.

341 — Torrent et rochers au Reichenbach.

342 — Sapin brisé dans l'Oberland.

343 — Le mont Blanc.

344 — Orage dans la vallée de Meyringen.

345 — Chemin au mont Blanc.

346 — Etude de rochers.

347 — Torrent au Reichenbach

348 — Rosenlaüi.

349 — Petit lac de montagne.

350 — Sapins au mont Cervin.

351 — Le Haendeck.

352 — Vue de Vegis.

353 — Cascade de Staubach.

354 — Marécages dans l'Oberland.

355 — Sapins à grosse tête à la Haendeck.

356 — Vallée traversée par un cours d'eau.

357 — Montagnes du Seelisberg.

358 — Frohne-Alp et Axenberg.

359 — Chênes à Meyringen.

Vente du Vendredi 17 Mars.

360 — Le Mont Blanc, vu du Salève.

361 — Environs du mont Cervin.

362 — Glacier du Rhône.

363 — Wenger-Alp.

364 — Rochers de Seelisberg.

365 — Sapins morts à Wenger-Alp.

366 — Rosenlauï.

367 — Rochers et petit torrent à Rosenlauï.

368 — Torrent au Reichenbach.

369 — Bords du lac de Thoune.

370 — Groupes de chênes à Thoune.

371 — Pont sur un torrent dans l'Oberland.

372 — Lac de Thoune.

373 — La dent du midi, lac de Genève.

374 — Bois de chênes à Thoune.

375 — Rochers et lac à Fluelen.

376 — Sapins renversés à la Haendeck.

377 — Pont et chemin à Wenger-Alp.

378 — Pont sur un torrent au Reichenbach.

379 — Passage du Grimsel. Staubach.

380 — Vue du Wetterhorn, perdu dans les nuages.

381 — Rochers et arbres, à Meyringen.

382 — Chênes, dans la forêt de Sovablin.

383 — Bords du lac de Thoune.

384 — Colline boisée, dans l'Oberland.

385 — Torrent, près le mont Rose.

386 — Chalet, dans la vallée de Lauterbrunnen.

387 — Glacier, près de la Haendeck.

388 — Bois de tilleuls, à Thoune.

389 — Passage à la Haendeck.

390 — Bois de chênes, à Thoune.

391 — Précipice et torrent, près Meyringen.

392 — Chênes, à Thoune.

393 — Groupe de chênes, à Thoune.

394 — Torrent, près Winger-Alp.

395 — Chemin de Lauterbrunnen, près des Mites de Schwartz.

396 — Vallée de Lauterbrunnen.

397 — Rochers, à Rosenlauï.

398 — Commencement du Reichenbach.

399 — Sapins coupés, à la Haendeck.

400 — Sapins au Swartzwald.

401 — Chalet et Sapins, au mont Cervin.

402 — Rochers au-dessous du Grindelwald.

403 — Rochers au-dessus de la Haendeck.

404 — Torrent, sapins et rochers au Schwartzwald.

405 — Pont de la Haendeck

406 — Sapins à la Haendeck.

107 — Chute d'eau, au Reichenbach.

408 — Lac du Seelisberg.

409 — Prairies, à Rosenlauï.

110 — Vue plongeante, à la Jungfrau.

411 — Le Wetterhorn.

112 — Sapins, près du grand Eiger.

113 — Lac de Genève, près Villeneuve.

114 — Étude de Rochers.

415 — Sommet de Montagnes dans les nuages.

116 — Petit lac des Morts et glacier du Rhône.

117 — Torrent dans les sapins, à la Haendeck.

118 — Environs de Lauterbrunnen.

119 — Rochers au mont Salève.

420 — Sapins, pres Underwald. Soleil couchant.

421 — Sapins renversés dans un bois, à la Haendeck.

422 — Chalet et Sapins, à la Haendeck.

423 — Rochers, à la Haendeck.

424 — Glacier et Montagnes.

125 — Contrefort du glacier de Rosenlauï.

426 — Vallée de la Tête Noire. Soleil couchant.

427 — Vallée de la Jungfrau.

428 — Sapins au Grindwald.

429 — Pins renversés, a Lauterbrunnen.

430 — Sapins à la Haendeck.

431 — Sapins et Rochers couverts de neige, à la Haendeck.

432 — Torrent et Rochers, au Reichenbach.

433 — Torrent du Reichenbach.

434 — Rochers, à la Haendeck.

435 — Mythen de Schwitz, au coucher du soleil.

436 — Rochers à la Haendeck.

437 — Soleil couchant, au Pilate.

438 — Pont de vallée, à la Haendeck.

439 — Rochers au Pilate.

440 — Torrent, près Rosenlauï.

441 — Prairies du Pilate.

442 — Colline boisée.

443 — La Jungfrau.

444 — Arbre brisé, au Kerket.

445 — Rosenlauï, tronc de sapin abattu.

446 — Panorama du Pilate.

447 — Chalet, à Brunnen.

448 — Torrent, au Reichenbach.

449 — Rochers, à la Scheideg.

450 — Ravin, au Pilate.

451 — Rocher à pic, au Grutly.

452 — Rochers et prairies, au Seelisberg.

453 — Rochers, effet d'orage, au Seelisberg.

454 — Le Wetterhorn, vu de Rosenlauï.

455 — Rochers au bord d'un lac.

456 — Soleil couchant, au Pilate.

457 — Le Seelisberg, vu de Brunnen.

458 — Côte de Lucerne, vue de Brunnen.

459 — Le Pilate, vu du Righi.

460 — Groupe de noyers au Seelisberg.

461 — Montagnes du Seelisberg.

462 — Vieux Château, en Italie.

463 — Petit Lac, près le grand Eiger.

464 — Vallée, près d'Aurasca.

465 — Torrent roulant des arbres brisés

466 — Vallée et Village au bas du grand Eiger.

467 — Le grand Eiger.

468 — Sapins, à la Haendeck.

469 — Marécages, à Brunnen.

470 — Chalet au bord du lac de Brienz.

471 — Bords du lac des Quatre-Cantons.

472 — Groupe d'arbres. Effet après la pluie.

473 — Vue plongeante, au Seelisberg.

474 — Vue de Sicile.

475 — Ruines, près Naples.

476 — Environs de Salerne.

477 — Pont de Montreux.

478 — Ruines des Alinges.

479 — Saint-Jouard.

480 — Étude, à Laroche.

481 — Etude de terrain.

482 — Terrain marécageux.

483 — Vallée au soleil couchant.

484 — Petit pâtre italien.

485 — Vieux pâtre debout dans la campagne.

486 — Vieux pâtre couché.

487 — Pâtre des environs de Naples.

488 — Paysans de la campagne de Rome.

489 — Pâtre assis sur des rochers.

490 — Pâtre au sommet d'un rocher.

491 — Jeune pâtre italien assis dans la **campagne**.

492 — Paysan romain, vu de dos.

493 — Brigand italien.

494 — Paysan de la campagne de Rome.

495 — Paysan italien.

496 — Vieillard assis, campagne de Rome.

TROISIÈME VACATION

EXPOSITION : Dimanche 19 Mars 1865

VENTE : Lundi 20, Mardi 21 & Mercredi 22 Mars,

A UNE HEURE PRÉCISE.

AQUARELLES, DESSINS & CROQUIS

Vente du Lundi 20 Mars.

497 — Torrent dans les sapins, au pieds d'un glacier.

(Dessin capital)

498 — Groupe de chênes, au bord d'un chemin.

(Dessin capital.)

499 — Torrent dans une vallée, effet d'orage.

(Dessin capita.l)

500 — Intérieur de forêt. (Dessin capital.)

501 — Le mont Sinaï. (Dessin capital.)

502 — Intérieur de la forêt Nettuno. (Dessin capital.)

— 32 —

503 — Lac bordé de grands arbres   (Aquarelle).

504 — Le Rhône à Avignon.   (Aquarelle).

505 — Bois d'oliviers et palmiers, à Cannes (Aquarelle).

506 — Environs du lac de Genève   (Aquarelle).

507 — Rivage de mer, à Cannes   (Aquarelle).

508 — Four à chaux et palmiers, à Villefranche (Aquarelle).

509 — Paysage accidenté de rochers   (Aquarelle).

510 — Bords du lac des Quatre Cantons   (Aquarelle).

511 — Temple de Pestum   (Aquarelle).

512 — Temple de Pestum   (Aquarelle).

513 — Temple de Pestum   (Lavis).

514 — Dessin du tableau intitulé l'Hiver (Aquarelle).

515 — Effet de soleil couchant   (Aquarelle).

516 — Village suisse et moulin à eau   (Aquarelle).

517 — Village de Verrier, près Genève   (Aquarelle).

518 — Lac de Genève   (Aquarelle).

519 — Vue de Saint-Jouard   (Aquarelle).

520 — Pont sur une rivière, soleil couchant (Aquarelle).

521 — Habitation près Lucerne   (Aquarelle).

522 — Village au pied d'une montagne   (Aquarelle).

523 — Etude d'arbre   (Aquarelle).

524 — Lac bordé de montagnes, brouillard (Aquarelle).

525 — Vue de Poligny   (Aquarelle).

526 — La chute du Staubach   (Aquarelle)

527 — Etude de chardons   (Aquarelle).

528 — L'île Saint-Honora   (Sépia).

529 — Lac de Brienz   (Sépia).

530 — Maison sous de grands arbres   (Sépia).

531 — Lisière de bois   (Sépia).

532 — Une ferme   (Sépia).

533 — Bois au bord d'un torrent, dans une vallée   (Sépia).

534 — Lac de montagne dans les Hautes-Alpes   (Sépia).

535 — Lisière de bois   (Sépia).

536 — Rochers et sapins   (Sépia).

537 — Ruines au bord de la mer, soleil couchant   (Sépia).

538 — Montagnes et glaciers   (Sépia).

539 — Environs de Genève   (Sépia).

540 — L'église de Montreux   (Sépia).

541 — Vue de Salerne   (Sépia)

542 — Rochers, effet de soleil   (Sépia).

543 — Bois au bord d'un lac   (Sépia).

544 — Torrent, sapins et rochers   (Sépia).

545 — Sapins   (Sépia).

546 — Arbres et rochers   (Sépia).

547 — Vue près de Lyon   (Sépia).

548 — Lac de Lucerne   (Sépia).

549 — Pins au bord d'un lac   (Sépia).

550 — Pins au bord d'un lac   (Sépia)

551 — Vue à Pouzzole   (Sépia).

552 — Une vallée   (Lavis).

553 — Montagne boisée au bord d'un lac   (Sépia).

554 — Lac bordé de rochers   (Sépia sur papier bleu).

555 — Mer agitée   (Lavis).

556 — Torrent passant entre des rochers   (Lavis).

557 — Groupe d'arbres sur une éminence (Dessin rehaussé).

558 — Campagne de Rome   (Dessin rehaussé).

559 — Arbres au bord d'une mare   (Dessin rehaussé).

560 — Bords d'un lac   (Dessin sur papier huilé).

561 — Intérieur de forêt   (Dessin).

562 — Chênes verts, campagne de Rome   (Dessin).

563 — Marine, gros temps   (Dessin).

564 — Vue de Berne   (Dessin rehaussé).

565 — Eglise à Berne   (Dessin rehaussé).

566 — Vue d'Interlacken   (Dessin rehaussé).

567 — Berne   (Dessin rehaussé).

568 — Etude à Avignon   (Dessin rehaussé).

569 — Sapins dans des rochers   (Dessin à la plume).

570 — Un orage dans les Hautes-Alpes   (Dessin).

571 — La Haendeck   (Dessin).

572 — Le pont de Caligula à Pouzzole   (Dessin).

573 — Groupe de Sapins entre des montagnes   (Dessin).

574 — Le Campo Vaccino, effet de nuit   (Dessin).

575 — Ruines à Pouzzole   (Dessin).

576 — Vue à Pouzzole   (Dessin).

577 — Amalfi   (Dessin).

578 — Pins à Amalfi   (Dessin).

579 — Caramiciola   (Dessin).

580 — Amalfi   (Dessin).

581 — Vue de Naples   (Dessin).

582 — Château de l'OEuf, à Naples   (Dessin).

583 — Maison à terrasse au milieu de grands arbres.
Paysage italien.   (Dessin).

584 — Tombeau de Cecilia-Metella   (Dessin).

585 — Amalfi   (Dessin).

586 — Torrent au milieu d'une Forêt. (Dessin).

587 — Ruines à Pouzzole (Dessin).

588 — Villa italienne (Dessin).

589 — Dessin du tableau intitulé le Printemps (Aquarelle).

590 — Jardin d'une villa italienne (Dessin).

591 — Paysage des environs de Rome (Dessin).

592 — Étude de la villa Borghèse (Dessin).

593 — Étude de Pins à Amalfi. (Dessin).

594 — Le Temple de la paix, à Rome (Dessin).

595 — Étude à la villa Borghèse (Dessin).

596 — Le Temple de Neptune à Pestum (Dessin).

597 — Ruines en Italie (Dessin).

598 — Groupe d'Oliviers à la villa Borghèse (Dessin).

599 — Vue à Pouzzole (Dessin).

600 — Le Forum de Pompéi (Dessin).

601 — Pompéi, Portes de la ville (Dessin).

602 — Temple à Pompéi (Dessin).

603 — Rue de Pompéi (Dessin).

604 — Pins de l'île Saint-Honora (Dessin).

605 — Pins à Saint-Honora (Dessin).

606 — Groupe de Pins à Saint-Honora (Dessin).

607 — Étude de sapin (Dessin).

608 — Sapins et Rochers (Dessin).

609 — Étude de sapins. (Dessin).

610 — Montagne couverte de sapins (Dessin).

611 — Maison cachée sous de grands arbres (Dessin).

612 — Village caché sous de grands arbres (Dessin).

613 — Château de Chillon (Dessin).

614 — Groupe d'arbres au bord d'un lac   (Dessin).

615 — Maison à Chatel Saint-Denis   (Dessin).

616 — Maison à Chatel Saint-Denis   (Dessin).

617 — Chalet à Chatel Saint-Denis   (Dessin).

618 — Moulin à Fribourg   (Dessin).

619 — Chalet dans les Hautes-Alpes   (Dessin).

620 — Chalet dans les Hautes-Alpes   (Dessin).

621 — Groupe d'arbres près Thoune   (Dessin).

622 — Brienz   (Dessin).

623 — Sapins dans les montagnes   (Dessin).

624 — Sapins dans une vallée   (Dessin).

625 — Groupe d'arbres à Thoune   (Dessin).

626 — Vue de Genève   (Dessin).

627 — Glacier Gorner, vallée de Zermatt   (Dessin).

628 — Bois de pins   (Dessin).

629 — Vue à Villeneuve   (Dessin).

630 — L'Église à Zermatt   (Dessin).

631 — Chalet à la Haendeck   (Dessin).

632 — Étude d'aloès   (Dessin).

633 — Étude de Plantes   (Dessin).

634 — Étude de plantes   (Dessin).

635 — Étude de plantes   (Dessin).

636 — Étude de plantes   (Dessin).

637 — Étude de plantes   (Dessin).

Ventes des Mardi 21 et Mercredi 22 Mars.

638 — Trente dessins faits d'après nature en Italie, et quel-
ques-uns en Suisse.

---

639 — Vingt-deux dessins faits d'après nature, la plupart
en Suisse.

---

640 — Vingt-trois dessins et études, arbres, plantes, vues, etc.

---

641 — Trente-quatre dessins et croquis faits d'après nature
en Italie, en Suisse.

---

642 — Soixante-dix-huit dessins et croquis faits d'après
nature et compositions diverses.

---

643 — Trente-quatre dessins et croquis à la plume.

---

644 — Douze dessins et croquis à la plume, rehaussés de sépia et d'aquarelle.

———

645 — Quatre vingt-quinze petits dessins et croqnis faits en Suisse, en Italie et dans les Hautes-Alpes.

———

645 — Cent-soixante-douze autres petits dessins et croquis faits d'après nature.

———

647 — Dix-neuf dessins de figures faits d'après nature en Italie.

———

648 — Vingt et un dessins de figures et de compositions.

———

649 — Cinquante-sept croquis de figures faits en Italie, en Suisse, etc.

———

650 — Cinq croquis de figures et compositions à la plume.

———

651 — Cinq croquis de figures à l'aquarelle.

———

652 — Trente-quatre croquis d'animaux, dessins rehaussés.

———

653 — Quatre dessins d'animaux à l'aquarelle.

———

654 — Trente dessins, études de plantes.

Renou et Maulde, imprimeurs de la Compagnie des Commissaires-Priseurs, rue de Rivoli, 144   39440

Imprimé en France
FROC032116200120
23228FR00021B/411/P